어느 봄날, 나를 보다

어느 봄날, 나를 보다

정혜숙 첫 번째 시집

대양미디어

시 쓰기는 마음 깊숙한 우물에서
맑은 언어를 길어 올려
거르고 또 걸러내는 작업이다

메마른 마음 밭에서
시의 싹을 틔우고
꽃을 피워
세상 밖에 내보이는 일이
이렇게 부끄럽고
두려운지 몰랐다

망설이고 망설이다
노을빛 갈피에
옹알이 같은 시어들로 채워 엮었다
처음이자 마지막이 될지 모르는
이 시집이 먹먹한 누군가의 가슴에
말을 거는 씨앗이 되길 바라는 마음뿐이다

부족한 글에 격려를 불어 넣어주신
김종상 선생님께 깊이 감사드리고
출간을 주선해 주신
가산문학 회장 홍재숙 작가님의 배려에
감사드린다

항상 응원해준 남편,
시집의 한 켠 한 켠
배경이 되어 준 아들, 며느리, 딸, 사위
손자 손녀들에게
부끄럽지 않았으면 좋겠다

서정성 깊은 문장에 고해성사 같은 내용

김종상(국제 PEN, 현대시협 고문)

정혜숙 시인이 첫 시집을 상재한다니 참 반갑다.《하나로 선 사상과 문학》신인상으로 등단했을 때 참으로 오랜 꿈이 이루어 졌다며 열심히 쓰겠다고 한 시인은 과연 그때부터 열심히 썼다. 아니 열심이가 아니라 빼어난 시를 연달아 써냈다. 잘 아는 문 학지 편집자가 "정혜숙 시인의 작품을 볼 때면 참 기쁘다"며 그 의 시를 여러 번 칭찬하기도 했다. 그 무렵에 발표한 시 중에 '나 는 살아평생 이 세상을 절반만 사랑하고 절반은 미워했다. 유독 나에게만 꼬장부리며 쫓아다니는 남루를 벗어버리지 못하고 서 러움만 겹겹이 키우며 살아왔다'로 시작하는 「저무는 길목에서」 란 시를 읽으며 꼭 내 이야기만 같은 느낌이 들어 머리가 멍했 던 적이 있다.

정혜숙 시인은 독실한 신앙인이다. 그래서인지 그는 하나님으로부터 받은 밀서를 생각하며 일상을 살얼음 딛듯 살아가는 것 같았다. 말 한마디, 작은 행동 하나에도 상대에게 어떻게 비쳐질까 하고 조신했다. 이러한 그의 삶은 시에 잘 나타나 있으니, 중언부언할 것 없이 이 시집의 첫머리에 있는 시 두어 편만 봐도 그것을 알 수 있다. 집안의 방충망에 낀 먼지를 털면서도 '내 생애에는 얼마나 많은 먼지가 쌓여있을지를 방충망을 통해 마음 저편을 들여다본다. 남의 탓만 하고 원망하고 미워했던 날들이 폐가의 거미줄처럼 얽혀서 영혼 깊숙이 쌓여있는 먼지들을 손목이 아프도록 털고 또 턴다' 「마음의 먼지를 턴다」라고 한 이 시에서는 지나온 삶을 '고해성사' 하듯이 말하고 있다.

또 「모서리의 경고」란 시에서는 '팔꿈치를 쥐어박아 뼛골까지 저려 드는 전류로 서글픔 반 통증 반이 눈시울을 적신다. 숨 가쁘게 오른 고갯마루 앞에는 서둘지 않아도 가속이 붙는 내리막이라 남은 세월 두루두루 살피며 유유히 가기로 했다'라며 인생의 황혼길에 접어든 자신의 삶을 생각하고 있다. 세월의 속도는 나이와 정비례한다는 말이 있다. 숨 가쁘게 오른 고갯마루에서 이제는 내려가게 될 앞길을 바라보면 푸른 숲은 아랫도리부터 점점 그늘에 덮여 오다가 꼭대기까지 어둠에 잠기면 가속이 붙던 나의 앞길도 적막한 어둠 속으로 사라져버리고 만다. 남은 세월 두루두루 살피며 유유히 가기로 작정하지만, 가속이 붙은 황혼의 내리막길은 너무 빨리 끝나고 만다. 허무, 바로 그 자체이다. 인생은 그런 것이다.

「못을 박으며」도 '액자를 걸려고 벽에 못을 박다가 못이 튕겨 벽에 낙인 같은 상처를 남겼다. 한 세상 살아오면서 못 같은 뾰족한 말로 남에게 상처를 남긴 채 살아갈 누군가를 떠올린다'라는 것이다. 모든 독자에게 자기성찰의 거울로 비쳐질 것 같다. 세상을 살다 보면 알게 모르게 나의 행위가 상대에게 가시가 되고 못이 되어 가슴을 아프게 하는 일이 한두 가지만이 아닐 것이다. 그러한 누군가를 떠올린다는 것은 그런 일 모두를 정혜숙 시인은 자신의 가슴에 박힌 못으로 보고 있는 것이다. 이와 같이 자신이 걸어온 길의 조그만 자취까지 허물로 남지는 않을까 하고 전전긍긍하는 모습은 세상 모두의 고뇌와 아픔을 나의 것으로 느끼는 성자와도 같은 마음이다.

영국의 역사학자 「P. 토인비(英, 1889~1975)」는 동갑내기 「장 콕토(佛, 1889~1963)」와의 인터뷰에서 시인은 성자이어야 된다고 했다. 시는 이해가 아닌 감동이며, 목적이 아니라 열정이라는 것이다. 그리고 지성의 총화이고 양심의 노래이기 때문이라는 것이다. 그래서 시인은 만인의 사표로서 선지자가 되어야 한다고 했다. 정혜숙 시인의 작품을 보면서 문득 이 말이 떠오른 것은 신앙인으로서의 자기성찰과 인생사를 꿰뚫어 보는 안목과 서정성 높은 고운 문장이 빼어나서 세상을 살아온 만큼 달관한 경지가 느껴지기 때문이다.

이 시집이 많은 사람의 가슴에 양심과 사랑의 꽃을 피울 씨앗이 되기를 바라는 마음이다.

차례

제3부 삶의 길

제5부 나무의 길

제1부

사람의 길

마음의 먼지를 털다

입주할 때부터 방치한
방충망 먼지를 턴다
내 생애는 얼마나 많은 먼지들이
쌓여있을지
방충망을 통해
마음 저편을 들여다본다
거미줄이 얽히고설킨
오래된 폐가처럼
나를 돌아보지 않은 채 살아왔다
그을음 끼고 안개 자욱한 삶이
누구의 탓인 것처럼
원망하고 미워했던 날들이
내 영혼 깊숙이
먼지가 되어 쌓여있는 것을 보고
손목이 아프도록 털고 또 털었다

살다 보니

세월의 무게를
껴안고 살다 보니
정형외과 의사가
척추 엑스레이를 보여주며
애매한 표정으로
물리치료증을 떼어준다
신경과 의사는
혈관질환약을
죽는 날까지 먹으라 하고
난청 진단을 하며
보청기를 해야 한다는
이비인후과 의사

생의 황혼이 오면
소리 없이 찾아드는 불청객들과
티격태격 다투기도 하고
살갑게 어르면서 동행할 일이다

저무는 길목에서

나는 살아평생
세상 절반은 헐뜯었고 절반만 사랑했다
꼬장부리며 쫓아다니는 남루를
미움으로 겹겹이 기우며 살아왔다

시냇물은 바다와 몸을 섞어 신분을 바꾸고
산들은 계절을 바꾸며 위엄을 드러내는데

달랑 하나뿐인 몸을 경작하고
개간하다 귀가한 노역들이
지친 몸과 마음을 씻어내리는 물소리 요란하고

욱여넣은 쓰레기봉투를 들고 나가는
늙은 남자의 등에
꼭두서니 노을빛이 내려앉는다

그래, 나는 아직
혼자 빈 둥지를 지켜서는 안 되겠다
남은 세상 절반은 사랑으로 채워야지

어느 봄날, 나를 보다

해 나른한 경로당의 오후
머릿결 성크름한 할머니들
화투를 치고 있다

세월에 끄덩이 잡혀
허겁지겁 달려온 삶
보상이라도 받듯

주어진 패 촘촘히 펴들고
끗수 올리는 단순한 기쁨에
십 원짜리 동전은 효자가 된다

그 성역
기웃거리는 나는

골다공증에 꽃샘바람 시리고
백내장 앓고 있는
뿌우연 허공에 목련 하나, 둘
봄을 터뜨리고 있다

변덕

빨래를 삶는다
삶에 찌든 내 마음도 함께 삶는다

부글부글 끓어오르는 세제 향이
집안 구석구석을 돌아다닌다

빨래를 세탁기에 넣는다
헹굼이 끝나고 탈수가 시작될 때
나는 예정에 없던 외출을 생각한다

굉음을 내며 멈춘 세탁기에서
꼬깃꼬깃 꾸겨진 빨래와 내 심사를 꺼내어
구박하듯 꾹꾹 밟아 햇살 아래 넌다

외출을 서두른다
꿀꿀했던 마음이 개운하다

까치가 부럽다

메타세쿼이아 우듬지에
까치 한 쌍 둥지를 틀고 있다

내가 처음 틀었던 둥지는
햇살도 바람도 들지 않던 지하 방

마음까지 눅눅했던 세월
지상을 향해 발돋움하며
맞벌이 부부로 살아왔지만
내 집 마련은 머나먼 꿈 얘기였지

저 까치들은 신혼부부일까
집터 찾아 이 나무 저 가지 옮겨 다니며
의논 분분하더니
밤 도와 별 무리 놀다 간 보금자리
햇귀 마중하며 한가로이 얹혀있네

동창회

흩어졌던 깨복쟁이들
모교 운동장에 모였네
불현듯 헤아려 보니
우리 고갯길 많이도 걸어왔네
푸른 꿈 꾸던 젊음
세월과 맞바꾸고
주름진 얼굴 펄럭이는
현수막 아래에서
그믐달 빛처럼 희미한
옛날을 더듬고 있네

모서리의 경고

콕!
책상 모서리가
팔꿈치를 쥐어박는다
뼛골까지 저려 드는 전류
무뎌진 몸을 탓하려니
서글픔 반 통증 반이
눈시울을 적신다

숨 가쁘게 오른
가풀막진 고갯마루 앞
애써 서둘지 않아도
가속이 붙는 내리막

남은 세월
두루두루 살피며
유유히 가기로 했다

노을, 물드는 마음

햇살이 눈부신 한낮에는
보이지 않던 꽃들이
황혼길에 들어서니
새퉁빠지게 예쁘다

늙는다는 것은
또 다른 삶의 공간에서
곱게 물드는 노을 같은 것
꽃 위에 나비
파란 하늘에 하얀 구름
풀잎 한 장도 새롭고 소중하다

서둘러 떠난
누군가는 달이 되고
누군가는 별이 되었으니

나는
메마른 세상에 스미어
사랑의 싹을 틔우는
이슬비가 되고 싶다

길

꿈을 찾아
행렬하는 개미들

어쩌다 길 잃은 한 마리가
갈팡질팡한다

나도 한때
길을 찾아 헤매고 있었다

내 갈 길이 없다고
주저앉아 울고 있었다

어느 날
나를 부르는 길에서
스승님을 만나
늦깎이 문학의 길을 걷고 있다

거미

몰래 숨겨온
생명줄로
공간을 얽어
먹이를 낚고 있다

삶의 터전
허공을 유영하다
걸려든 먹잇감들
박제되어 묶여 있고

그 한켠
또다시 찰나를 노리는
고요한 욕망
저, 행복한 기다림

자화상

차곡차곡 절인
오이 항아리
그늘진 곳에 놓아두고
맛들기를 기다린다

푸르고 싱싱했던 날들
어둠 속에 갇혀
숨죽이며 견디는 동안
짠맛 쓴맛에 젖어 찌들어도

세상에 나아가
인정받을 날 꿈꾸며
깊고 짙은 맛
우려내고 있는 중이다

상처

이미 새살 돋아
치유된 줄 알았다

비바람이 희희낙락
산책하는 날

앞서가던 우산속에서
여자를 난타하는 남자

버려진 우산처럼
나뒹굴어진 여자의 눈망울에
두려움보다 짙은 수치심
비에 젖고 있다

재생 영상물 본 듯
뚜렷한 내 기억 속 상처
눈치 없는 비바람이
툭 툭 치며 지나간다

못을 박으며

액자를 걸려고
벽에 못을 박는다
망치 자루 움켜쥐고
못 머리를 치는 순간
불꽃을 튕기며 떨어지는 못
벽에 얕은 상처가 낙인처럼 남는다

세상에는 못 박혀
상처 입은 사람 많을 거야
나는 내 뾰족한 말로
못자국 지우지 못한 채 살아갈
누군가를 떠올린다

아, 그때 좀 참을걸
남을 아프게 한다는 건
나도 그만큼 아팠다는 건데
그날 나는
못 박기를 포기하고 말았다

비누의 노래

매끄러운 살결에
향기까지 곁들인 나는
더러운 곳이면
어디든지 찾아가지요
둘도 없는 내 친구
물과 함께라면
죽음도 두렵지 않아요
이 한 몸 닳고 닳아
마음까지 깨끗해질 수 있다면
더할 나위 없겠지만
너무 욕심부리진 마세요
거품 없는 세상이
더 살기 좋으니까요

어느 여름날에

파르스름한 약물이
살갗을 파고 들어간다
링거관을 흘러내리는 빛깔이
어릴 적 강물처럼 맑다
그해 여름
복통과 함께
내 몸에 꽃물 터지던 날
먼 세월 밖으로 밀려난 듯
두려운 가슴을 안고
강가로 달려나갔지
온종일
조약돌을 던져
화풀이할 때
여유롭게 흐르던 물빛
올여름 나는
건너야 할 큰 강을
마주 하고 있는 걸까

링거 주머니가 비워지고 있다
비워지는 만큼 서서히
통증이 가라앉고 있다

이슬, 그 여신의 눈물

어스름 헤치며
분홍빛 하늘 열어
산 넘고 바다 건너온 저 여신

전설인 듯 설화인 듯
신비한 신화 한 단락이
내 안에 들어온다

연적 아프로디테의 저주를 받은
여신 에오스는
트로이 왕자 티토노스를 사랑했지
운명의 신에게 기원하여
영생을 누릴 수는 있었지만
멈추지 않는 노화
매미처럼 작아지고
먼지처럼 부서지는
티토노스의 처참한 삶

아들 멤논마저
전쟁에 빼앗긴
새벽의 여신 에오스의 눈물일까

자식 묻은 아린 가슴
꿰맬 새도 없이
들판을 헤매 울던 어머니의 잔영
서둘러 지우려고
돌아선 풀섶에
전에 못 보던 이슬
그렁그렁 맺혀 있다

꿀벌의 하루

오뉴월 밀월 밭
흐드러진 향기 따라
온종일 드나드는
날갯짓 간지러워
꽃들이 앞섶을 열어
화분을 내어 주네
지는 해에 빗긴 노을
서녘 하늘 물들 때
고단한 몸 서둘러
귀가하는 꿀벌들
달콤한 노동의 수확물
창고에 칸칸이 채우고 있네

제2부

가족의 길

내 안의 나

틈만 보이면
독을 뿜어내는 것이다
부부라는 틀 안에서 사는 동안
수없는 말의 상처들이 응어리가 되어
독소로 변할 줄 몰랐다

세월이 쳐 놓은
삭은 외줄에 나란히 앉아
아슬아슬 남은 삶
한 발만, 딱 한 발만
앞선 운명이기를
학수고대하는 살모사가
똬리를 틀고 있다

가족

오늘 저녁 반찬은
무얼 할까 궁리한다
그저께는
바닷가 출신 속내를 내보이며
반찬 투정하는 남편을 위해
갈치조림을 했고
어제는
아들이 좋아하는
돼지고기 듬뿍 넣어
얼큰한 김치찌개를 끓였다
오늘은
입덧 심한 며느리를 위해
시원한 콩나물국을 끓여야지

나는 이 나이 먹도록
나를 위해 무엇 한번
끓여 본 적 있었던가

소갈머리 없이
하찮은 일에 부아 먹어
부글부글 속 아플 때
멀건 흰죽 끓여 놓고
몇 날 며칠 먹으며
살살 달랠 뿐이었지

내일은 무얼 먹을까
또다시 궁리하다가
내일 일을 위하여 염려하지 마라
신의 말씀 곱씹으며
손자 녀석이 잘 먹는
감자탕을 생각한다

늦은 깨달음

아들과 티격태격하다
기어이 눈물 바라지 하는 며느리
와르르
내 억장이 무너진다
한때 우리 내외도
어머니 앞에서
셀 수 없이 싸웠지
그때마다
돌담처럼 무너졌을
어머니 가슴
오늘에야 비로소
마음 먼저 달려가
용서를 빈다

비 오는 날

서류봉투로
비를 가리며
출근하는 아들
어제는 온종일 걸었다며
발바닥을 주무르기에
응석인 줄 알았다
살아오면서 한 번도
우산이 되어주지 못했는데
어느새 나는 녹슬고

흔하디흔한
자동차 사이로
절뚝거리며 걸어가는
커다란 내 우산

외식하는 날

6년 터울
손자 손녀를
안고 걸리며
아들 내외를 불러
감자탕집에 갔다
백일 갓 지난 손녀도
마음 편히 맡기라는 내 말에
고마움과 미안한 마음을 섞어
듬뿍 퍼주는 며느리

아이들 떼어놓는 날은
허전해서
더 허기진다는 아들
식욕이 왕성하다

그 속도 모르고
맛있게 먹는 손자에게
살 발라주기 바쁜
할아버지 눈에
뚝뚝 흐르는 사랑

하루의 고달픔
잠시 잊어버리고
못 먹어도 배부른 척
허세 부리는 우리 내외

거울 앞에서

삶의 지혜와 품위를
말보다 몸으로 보여준 당신에게
까닭 없이 가시 박힌 말을 했지요

당신이 침묵하는 뜻을 모르는 척
허투루 살아온 수십 년
조금은 세상 이치를 깨달았기에
풀꽃 하나에도 겸손해져서
비로소 당신 앞에
매무새를 가다듬어봅니다
나도 누군가의 거울이 될 수 있을까요
어머니

엄마를 닮았어요

삼십 년 전 나는
성동구 응봉동
산 2번지로 시집을 갔다

작년엔 하나뿐인 딸이
은평구 응암동 꼭대기로
시집을 갔다

딸네 첫 나들이 하는 날
긴 비탈길 마중 나와
등 밀어주며
"엄마, 동네 이름도 닮았네"

어머니의 옷

옷장에 두고 가신
어머니의 옷
꽃무늬가 찍혀있는
진분홍빛 옷

한 번도 사드리지 못한 내가
보자기에 싸안고 집으로 온다
생전에 태워드린 적 없는 전철을
어머니의 옷이 탄다

너희 집에 내가 왜 가냐
하시던 어머니는
먼 곳으로 가고
어머니의 옷만 왔다

장롱에 걸어놓은
어머니의 옷
문을 열면 방향제처럼
어머니 냄새가 난다

남편

요즘 말로
삼식이가 된 남편
그 일상이 답답해 보인 나는
집 떠나서는 단 하루도 못 견디는
위인인 줄 알면서도
사나흘만 누나네 집에 다녀오라고
송곳니를 드러냈다

속없이 허허롭게 웃으며
돌아서는 뒷모습을 보는 순간
뾰족한 어휘의 파편들이
부메랑 되어 가슴을 때린다
가슴벽에 굳은살이
점점 두꺼워진다

배꽃

내 어릴 적
4월 그믐밤이었어
급성 폐렴으로
생사를 넘나들던
동생을 끌어안고
배나무밭을 가로질러
숨 가쁘게 달려가던 어머니
그 밤, 시오리 밖
병원을 향하는 그 길은
살아온 세월보다 멀고
칠흑보다 더 깜깜했을 거야
어렴풋이
어둠을 젖히며
동생을 업고 돌아오는 어머니
배꽃을 닮아있었어
밤새 떨고 있던 별들도
까무룩 졸고 있던 새벽

여름 끝에서

김장밭 갈고 나면
황소는 지친 삶을 되씹으며
대추나무에 매여 있고
악을 쓰던 매미 목청이
한풀 꺾이는 저뭇한 무렵

보리밥 뜸 들이며
아이들 부르던 정겨운 목소리
유년의 담을 넘어
청허하게 들려오는
무릎 시린 나이에
그때, 그곳으로
달음박질치고 싶은 마음이
이정표 없는 길을 나선다

어머니의 텃밭

가을 햇살 한자락
깔고 앉아 참깨를 털며
"나 백 살까지 살 거다"
호언장담하시던 어머니
파종하고 가꾸고 거두며
저문 날을 심심치 않게
보내시던 텃밭을 두고
구십구세 되는
이듬해 봄날
남향받이 유택으로 가셨다
기일 일주년
여기서도 텃밭을 일구셨을까
잡풀 없이 다듬어진 잔디의 새싹이
그리움처럼 쏙쏙 돋아난다

가을 일기

진저리치게
쪽 푸른 하늘 보고
무작정 나섰더니 고향길이네

평생 지킨 교단에서
내려온 아버지
서툰 농사 고달픔을
한숨으로 달래던 논두렁 지나

어머니 손길 뜸해도
저절로 속 채우고 있는
자식 같은 배추 밭머리도 지나
옥니박이 구절초가
친구처럼 반기는 오솔길에 머물다
서둘러 돌아오는 길

가을 해 어느새
붉게 물든 산등성을
여울여울 넘고 있네

목백일홍꽃
– 딸에게

숨넘어갈 듯
유난히
우는 날이 많았던 너
유년을 지나
사회생활을
시작하면서부터
뚝 멈추었지
스물다섯에
시집가서
녹녹지 않은 살림
꾸려나갈 때
오뉴월
장맛비처럼
퍼질러 앉아
울고 싶을 때도
많았을 텐데

들키지 않고
살아 낸 세월
기특하구나
중년 나이에도
사춘기 소녀처럼
까르르 까르르
연달아 터뜨리는
웃음소리
배롱나무꽃을 닮았구나

유년의 봄

유채꽃 노란 물결
잔잔한 강변에
소풍 나온 원아들
보물찾기한다

내 유년엔 친구와 함께
논두렁 밭두렁 쏘다니며
나물 캐는 하루가 즐거웠지

호미 끝에 은빛 햇살 눈 부시면
마주 보며 웃는 얼굴
냉이꽃으로 피고
손끝에 배인 풋 내음
세월이 흘러도
내 생을 따라다녔지

노란 바람 속에
감실감실 유아들 춤춘다
내 마음 덩달아 아지랑이 핀다

성묘 가는 길

솔 내음이
슬픔처럼 콕콕
가슴을 찌른다

청렴을 지키다
교단을 내려온 아버지

제자들을 버린 미련으로
뒤척일 때
소나무 뿌리처럼 드러난 등골

오르막 내리막길에
디딤목 되어
쉬엄쉬엄 가라 하네

솔방울 하나
'툭'
생시처럼 어깨를 친다

손자 키우기

온 집안 구석구석을
맴돌던 아이
긴 잠투정 끝에 겨우 잠들었다

흐트러진 하루
수습할 겨를도 없이
지친 몸이 누워
마음에게 묻는다

너의 실체가 무어냐
이 시간을 위해
이름 지어진 할머니지

아이의 숨소리와
벽에 걸린 초침이
엇박자로 자정을 넘고 있다

봄이 왔어요
- 손녀 은우

옹알옹알

옹알이가 벙글고 있어요

고 작은 입술이

메말랐던 두 고목에

매일매일 웃음꽃을 피워주어요

창밖

산수유꽃보다 먼저

터뜨린 봄은

태어난 지 사십일 된

은우랍니다

밤새 내린 눈도

금새 다 녹았어요

사위

눈에 넣어도 아프지 않은
내 딸을 훔쳐 간 도둑
얄밉고 낯설어서
마음 빗장 걸었지

대문을 활짝 열고
호칭 대신 도형아, 불렀더니
백년손님 간데없네

어머니, 건강하세요
살갑게 안부를 묻는
과묵하지만 할 말은 꼭 하는
미더운 아들

우리 내외에게
그늘막, 바람막이 되었네

제3부

삶의 길

비둘기, 그리고 나

공원 주차장에
뿌려 놓은 쌀알을
허겁지겁 먹는 비둘기들

자동차 시동 소리에
멀리 날아가는데
홀로 남은 한 마리
식탐 멈출 줄 모른다

빵빵!
다급한 경적에
간신히 피하는 굼뜬 몸짓

치매일까, 난청일까
머지않은 내 삶에도
깃들지 모를 저 모습
지척에서 아름작거리고 있다

폐차를 하며

선한 얼굴과 반짝이는 눈
새하얀 피부색에 사로잡혀
사반세기를 함께 했다

몸은 따로였지만
마음만은 하나 되어
언제나 동행했고
싫은 기색 없이 기다려 주었던 너
경자 새해 봄
견인차에 끌려 떠나보내야 했지

세상살이가 모두 필연이라지만
생이별해야 하는 마음 허우룩하여
떨어지는 벚꽃이 눈물로 보였다

돌멩이의 꿈

세월에 차여
여기까지 굴러온 나는
사람들 화풀이 희생물에 지나지 않았다

억울한 마음이 날을 세워
넘어뜨리기도 했지만
밟히는 날이 더 많았다

상류의 꿈을 품고
고행을 하는 동안
바람맞고 비 맞으며 저물었으니

허튼 욕심 버리고
한껏 몸 낮추어
기우는 쪽 받쳐 주는
굄돌이 되면 좋겠네

그곳

그곳에서 보았다
늙고 병들었다는 핑계로
세상과의 단절을 강요받아
생애 마지막을 예비하고 있는
실낱같은 명줄기들
막차에 오르기 위해
오줌을 누어야 했다
그 하찮은 일이 얼마나 힘들었으면
끝내 오줌을 누지 못했을까
어쩌면 몸 깊숙한 곳에서 일어난
거부였는지도 모른다
삶이 죽음을 꽉 껴안는
숙련자의 보살핌을 저버리고
또 한 생명이 스러져 간다

"나는 왜 안 죽는 거야"
그윽한 심연에서 흘러나오는
고요한 외침
그곳에서 들었다

다듬이질 소리

가난에 구겨진
유년의 꿈을
다듬이질하던 그 음률
다시 듣고 싶다

남루한 삶
기우고 매만져
다듬이질하던
그 손길 그리워진다

이승에서 끊어진
다듬이질 소리
하늘과 땅 사이
어디쯤에서 다시 들을까

햇살 묻은 자락
차곡차곡 개어
신명 나게 두드리던 추억의 소리

처서

매미가 늦더위를
질질 끌고 가는 무렵

소리 없는 기척에
현관문을 열었다

햇살이 성큼 들어와
거실에 길게 눕는다

며칠 전만 해도
반갑지 않은 손님이었는데

오늘은 껴안고 뒹굴며
한나절을 보냈다

눅눅했던 마음을
고실고실 말렸다

왜목마을에서

바람도 향기 머금은
서해의 땅끝마을

짝 잃은 왜가리 한 마리
철 지나도 떠나지 않고 있다

바닷물에 발목 잡혀
긴 목 세운 기다림

차오르는 울음
목울대에 숨기고

해 뜨고 지는 그 한 곳 바라보며
자신 닮은 마을을 지키고 있다

노점상 가족

신촌역 2번 출구 앞에는
참 행복해 보이는
노점상이 있다

허름하게 둘러쳐진
감색 포장 안
빵 굽는 남자의 눈길과
꼬치 끼우는 여자의 반달 눈
자주 부딪치는 사랑꽃

유치원 가방 메고
팔 벌리며 들어간
자매의 웃음소리
분수대 포말처럼 싱그럽다
토박한 삶의 현장에서도
웃음으로 반죽한 계란빵
희망을 굽는 노점상 가족

우산의 비애

주인을 위해
최선을 다했지만
매몰차게 버림받았다

거센 비바람이
몰아치던 지난 밤
관절 부러져
길바닥에 팽개쳐졌다

아무도 거들떠보지 않고
재생병원은 꿈도 못 꾸고
여기서 나는 끝인가

땡볕에 모로 누워있자니
으쓱거리며 지나가는
꽃무늬 양산이 마냥 부럽다

봄 길

- 홍재숙 소설가

내 고향 사월엔
분홍빛 꽃길이 있다
꽃들이 길을 열어
사람들을 불러 모으면
저마다 절색에 반해
꽃멀미 하는 길

복사꽃 너울 쓴
도원경 아래
앳된 소녀가
사색을 즐기며
문학을 꿈꾸던 길

월영교

낙동강 줄기 안동댐 목책교 아래에는
원이 엄마 혼이 흐르고 있는 걸까
잔물결이 흐느끼듯 어깨를 달막인다

병든 남편 회복을 기원하며
머리카락 잘라 엮은
미투리 한 켤레

아내의 치성 아랑곳없이
숨 거둔 날
애절애절 써 내려간 편지
남편 가슴에 얹어 떠나보냈다

400여 년 세월의 강을 건너
저승에서 이승으로 되돌아온
원이 엄마 전설 같은 이야기
387m 월영교가 되었다

달도
밤새 머물다 건너가는.

겨울 낙조

삼십 년 넘게
등골 내어 주고도
지독하게 홀대받던 남자

텔레비전 채널과
씨름하다 지쳐
삭정이처럼 부러진 세월
부둥켜안고

크리스마스날
아파트 꼭대기에서
몸 던져 스러져간
우울증 환자

나비의 귀환

녀석의 바람기는
하얀 바탕에 까만 띠 두른
유니폼 멋있게 차려입고
트럼펫 불며
운동장을 배회할 때부터였을 게다

교정에 피어 있는 꽃향기
잘 못 취한 어지럼증이
끝내,
역마살로 이어진 삶

어느 날 불현듯 나타나
"이젠 어딘가에 정착해야겠어요"

찢어진 날개
다시는 날아오를 수 없는 몸으로
신 앞에 무릎 꿇은 중년의 탕자

친구와 감

햇살 카랑한 이맘때면

간척지로 이사하며

울먹이던 얼굴이 떠오른다

짭조름한 갯바람에

자식 없는 서러움 삭이려고

감나무를 심었다고 했다

부실해서 떨어지고

바람 불어 떨어지고

까치밥 몇 개 남겨놓고

첫 수확이라며 보내온 상자 안에

아기 소식과 함께

친구의 삶이 농익어있었다

바다

영등포역
대합실의 밤은
파도에 떠밀려온
새우들이
신문 한 장에
몸을 의탁하고
무사한 하루의
항해를 자축하며
술병처럼
나뒹굴기도 하지만
투망하는 사람
아무도 없다
다만,
배설물 냄새
넘실대는
혼돈의 바다로
깊어가고 있다

개미들의 휴가

신경외과
척추 병동엔
링거 주사 꽂고
고통 주머니
옆구리에 매단
개미들이
즐비하게 누워있다

노동의 무게로
무너진 뼈마디에
나사 박은 흉터가
낙인처럼 찍혀 있는
등가죽으로
평생 몸에 밴
조바심을
숨기지 못하고

조기 퇴원을
기다리며
팔자에 없는 휴가를
보내고 있다

전철 안에서

붐비는 전철 안의 오후
손잡이에 매달린 내 앞 좌석에
휴대폰에 코 박고 있던
손자 또래 청년
좋은 일이라도 생긴 걸까

웃음을 머금으며
가방에서 분첩을 꺼내어
익숙한 손놀림으로
얼굴을 토닥거린다
옆자리엔
삶에 지친 듯
화장기 지워진 며느리 또래가
꾸벅꾸벅 졸고 있다

사진 찍기

언제 어디서나
사진 찍기를 좋아했다
얼굴에 이랑이 생기고
검붉은 잡초가
영역을 넓힐 때부터
피하기 시작했다
자의 반 타의 반에
이끌려
건강검진 받는 날
들숨 쉬는 찰나
가슴을 찍혔고
복부를 겨냥한
작은 렌즈에게
내장까지 찍혔다
숨겨놓은 마음 들킬까 봐
심장이 두근거렸다

겨울 끝

한파도 주춤거리는
담벼락 모퉁이에
나물을 다듬고 있는 할머니
묵은 잎 떼어내는
시린 손끝에서
무딘 날에 반사된
따스한 햇살이
얼굴에 어른거린다
결빙의 시간 견뎌온
반가운 인연처럼
덥석, 내 눈길을 잡는
뽀오얀 냉이 뿌리들
저녁 식탁에
초대되어
봄 향기로 원무를 춘다

제4부

꽃의 길

옥잠화 피는 날

어머니가 오시나 보다
저만치
어머니의 고무신
발자국 소리가
새벽잠을 깨우네

서둘러 마중 나가야지
가루분
뽀얗게 펴 바르고
쪽찐머리에
은비녀 꽂은 어머니
하얀 비단옷
새로 지어 입고
밤길 에돌아
딸네 집 나들이 왔네

나 어릴 적 어머니가
뜨락에 꽃으로 왔네

접시꽃

누구를 기다리기에
기둥에 등 기대어
오직
한 곳만 바라보는가

내 유년의 초상
이웃집 언니 닮은 꽃

산수유

첫눈 내린
언덕
나지막한
저 나무의 열매는
흠도 죄도 없이
고난받은
어느 신의
흔적일까

눈 덮인 가지에
응고된
영묘한 저 보혈

길가의 꽃들

저 계집애들
열광이 가관이다
큰길
분리대에 매달려
소리 지르며 깔깔거리다
배꼽 빠진 꽃 무더기
요즘 한창 뜨고 있는 아이돌을
온몸 흔들며 환영하고 있다

익어간다는 것은

나뭇잎이 떨어집니다
노랗게 물든 잎입니다
빨갛게 물든 잎입니다

익는다는 것은
익어간다는 것은
곱고 아름답게
물들어가는 일입니다
나뭇잎이 떨어집니다
미련 없이 떨어지는 나뭇잎은
바람결에 행로를 맡겨
어디론가 떠나갑니다
익는다는 것은
익어간다는 것은
새로운 시작입니다

떠나는 올케에게

사랑하는 언니,
언니의 성지 장독대엔
언니가 좋아하는 과꽃이
한 겹 한 겹 속내를 풀며
장 뜨러 오기를 기다리고 있는데
꼭꼭 싸맨 마음 끌어안고
어디를 그리 서둘러 떠나나요

대엿새만 지나면
부부동반 단풍 구경 간다고
온 동네가 떠들썩할 텐데
어찌 홀로
그 무서운 유형의 골짜기로
들어가려 하나요

이승이 아무리 혼탁해도
아직은 살 만한데
뭐가 그리 급해 숨 몰아쉬며
달음박질치나요

떠나는 길 서두르니
잡을 수 없고
함께 갈 수 없으니
더욱 안타까워
자꾸 눈물 납니다
언니

실없는 열대야

온종일
뙤약볕에
달궈진 아파트
밤을 새운다

입추 처서
다 지나
풀벌레도
절기를 알고
노래하는데

식을 줄 모르는
열기에
잠 못 드는 밤
애꿎은 선풍기만
달달 볶는다

갈매기

승객들이 주는
새우깡을
품삯으로 받아먹으며
여객선을 인솔하는
호위병들

강가에서

먼 곳에서 본 너는
한결같은 모습이었어
햇살이 눈 부신 날은
도도하게 은비늘을
세우기도 했지만
해 질 녘이면
노을빛으로 물들어
뒤척이기도 했지

가까이 다가가서야
너의 속내를 알았어
바라볼 수밖에 없는
하늘
가슴 깊이 담고
소리없이 흐느끼는
울음인 것을

낮달

쌀알 몇 개가
보름달처럼
튀겨져 나오던
하얀 과자
달동네에
홀연히 나타나
칭얼거리던 아이들
입맛을 녹이더니
어느 아이가
먹다 놓쳤을까
빈 하늘 모퉁이에
반쪽짜리 뻥튀기

세월

내 눈이 초롱초롱
빛나던 시절이었어
아버지는 등잔불 앞에서
책을 읽었고
어머니는 바느질을 했지
얼마 후 아버지는
호롱불 아래에서
돋보기로 세상을 살펴보았고
어머니 손끝은
자꾸 바늘귀를 벗어났어
집집마다 전깃불이 들어왔지만
영원히 책을 덮은 아버지
그리고… 바늘을 놓은 어머니
그 모습들이 곧 나라는 걸
그때는 눈치채지 못했지
아무리 밝은 세상이 와도
기억력과 시력은
점점 희미해진다는 걸

사랑니

다른 형제들은
이미
정해진 자리 잘 잡아
제 몫 톡톡히 하는데
늦둥이로 태어난 죄로
구석에 박혀
기 한번 못 펴고
하릴없이 세월만 보내다가
다른 형제들에게 피해 준다며
강제추방 당해도
비명 한번 못 지르는
나

탄금대에서

충주 칠금동
남한강 기슭 탄금대에는
가야 출신 음악가
우륵의 가야금 음률이
일천오백구십이 년
임진왜란 때 전사한 팔천고혼과
신립 장군 충혼을 달래주네
열두 대 아래 기암절벽은
그날의 격전을 알고 있으리
붉게 물든 나뭇잎
시나브로 쌓이네

첫 시집

지금껏 살아온
세상의 희로애락을
사유한 말들로
행을 채우고
지웠다 연 바꿨다
은유법도 끌어들였다

누가 읽어줄까
어떤 평을 받을까

두려운 마음으로
출간하는 첫 시집

감나무

이제 막
배꼽 뗀 유아들
하나둘
떨어지고 있다

겨우 젖 뗀 영아들
강보에 싸인 채
엄마 품을 떠나고 있다

남아 있는 형제들
알찬 결실을 위해
낯선 땅으로 입양 가듯
여린 생명들

뚝뚝
떨어지고 있다

사라진 고향

언제든지 달려가 안기고 싶은
어머니 품처럼 아늑하던 곳
뒷동산 진달래꽃밭
황색 코끼리가 다 파먹었네

지워진 골목길 주소도 바뀌고
회색 숲 무성하게 일어서는데
무뎌질 줄 모르고
도지는 그리움

어릴 적 고향은 어디로 갔을까

야경을 보며

도시의 밤은
거대한 보석 진열장
저 보석들
코로나19 피해를 위해
쓸 수 있다면
하루 벌어 하루 사는
민초들에게
듬뿍 나누어 주면 좋겠다
감염되어 고통받는
환자들에게도
한 움큼씩 주고
한 끼 밥을 얻기 위해
줄지어 서 있는
노숙자들에게도 주고 싶다
아참! 가장 빛나는 건

방역복 입은
간호사 언니들에게도 줘야지

내 마음의 보석 진열장

나무, 그리고 남편

요즘 들어 부쩍
창가에 붙어있는 나무가
눈에 거슬린다
여름 한 철
뜨거운 햇볕을 막아주어
고맙기는 하지만
세월이 갈수록
하늘을 찌르는 독선과 고집이
가뜩이나 좁아지는 내 시야를 가린다
가슴이 답답해
관리인에게 가지치기를 부탁하지만
마음대로 할 수 없단다

온종일 집에 붙박여 있는 남편을
내 맘대로 할 수 없는 것처럼
그냥 체념하며 살기로 했다

통증

내 몸에
기생하고 있는
고문의 명수가
더 이상은
가속하지 말라고
다리를 잡아당긴다
"아구구"
신음을 앙다물고
무너지듯
쪼그리고 앉아
혹한을 견딘
오래된 벚나무들의
눈부신 화관을
바라보고 있다

가을 산

태초부터 정좌하고 있는
높고 낮은 산들이
풍성했던 지난날을
다 태우고 있다

거센 비바람에
가슴이 찢기어도
숱한 발길에 짓밟혀도
아무것도 요구하지 않는
아름다운 저 분신

요즘 나도
저 불길 속에
들어가고 싶다

꽃밭에

꽃봉오리가 맺혀 있었지
내 유년이 거기에 있었어
꽃송이가 활짝 피어났어
내 젊음도 거기에 있었지
꽃잎이 시들고 있네
나도 있네
나의 삶이
꽃밭에 있었네

분꽃

낮에는 실어증을 앓다가
해거름이면 생기 찾아

밤새도록
별이 되기를 꿈꾸며

사랑 노래 부르는
걸그룹

제5부

나무의 길

산책길에서

매사가 못마땅하여
메타세쿼이아처럼 뾰족했던 마음이
하늘을 향해 삿대질할 때
'탁' 이마를 때리는 나뭇가지

누가 볼까 봐
얼른 그 자리를 떠났을 뿐인데
누가 베었을까
하루 사이에 생긴 싱싱한 상처가
마음을 쓰라리게 한다

늘 몸과 마음을 낮추어라
생전의 아버지가 준 꿀밤일까
아직도 내 이마 얼얼하다

나무의 독백

지난날 나는
소중한 것을
참 많이도 받았다
늦은 비와 이른 비
가없는 햇살을
알맞게 받아 누렸다
봄이면 꽃으로
열광을 받았고
여름엔 새들의 찬사를 들었다
지금은 여태껏 받은 사랑
모두 돌려주어야 할 때
가벼워지는 것도 삶의 지혜인 것을
맨살로 삭풍 견디며
내면을 채워야지

벗나무 아래에서

며칠은 보리 튀밥
또 며칠은 쌀 튀밥
오늘은 옥수수 튀밥으로
뭇시선 불러 모아
선심을 베푸는 중이다

매년 4월이면
뒤꼍 벗나무를 바라보며
허기를 달래던 어린 시절
아마, 튀밥이라도
실컷 먹고 싶었으리라

벗나무는 알고 있는 걸까
봄나들이 길에서
뻥뻥!
터뜨린 꽃 더미가
아픔을 달래주고 있다는 걸

침묵의 언어

꽃 피워 향기를 퍼뜨리고
열매로 존재 가치를 알린다
눈에 덮이고
폭풍에 휘둘려도
변화되는 질서에 순응하며
의연히 고통을 이겨 낸다

아름다운 성장을 위해
끊임없는 몸부림으로
자고 나면 혼탁한 세상
거르는 나무처럼

침묵으로도 돌올하게
드러내는 언어
어디 그런 사람 없나요

가지치기

헐벗어 추운 뜨락에서
맨살로 떨고 있던 나무들
전기톱에 베이는
크고 작은 비명이
내 온몸을 욱신거리게 했다

꽃샘바람이
기승을 부릴 즈음
채 아물지 않은 시린 상처에서
움돋이 하는 함성

잡다하고 허탄한 내 생각도
가지치기하면
새로운 시심 돋아나겠지

하늘공원 억새

오래전
쓰레기더미였던 곳
척박한 땅에
뿌리 내리고
푸른 날 세우며
올곧게 살아온 삶

이제는
홀가분한 노후를 위해
속내를 비워야지
청량한 가을바람에
오롯이 서서
생을 말린다

저, 정수리에
눈부신 백발

매미

여름을 관통하며
그들이 왔다

어두웠던 삶의 투구
벗어 버리고
빛 밝은 세상에 나와
일제히 목청 돋우고 있다

짧은 일생
마무리하기 위해
짝을 부르는 절박한 구애

맴맴 쓰왈쓰왈
전래의 은어로
통사정을 하고 있다

신록을 보며

결 고운 비
여러 차례 지나갔겠다
저것들 한층 더
기고만장하겠네

낮은 것은 높아지고
높은 것은 더 높아지려고
키재기를 하느라 아우성치겠지

키는 줄어들고
속절없이 저물어가는 나이이지만

아,
오늘은 나도
비 흠뻑 맞고 싶다

4월에게

거센 비바람에
스러져간
정의의 꽃들

탐리에 짓눌려
채 피우지 못한
꽃봉오리들

그대들 이름
일일이 불러본다
개나리, 진달래, 산수유, 목련, 벚꽃…

흘러간 넋들이여
그대들 있어
이 봄 또 환하구나

착각

남쪽 지방에
사과꽃 피었다는 소식 들려오자
우리 동네 공원 철쭉이
파르르 떨며 입술을 열었고
덩굴장미도 수척한 얼굴을
엷은 햇살에 기대고 있다

마음 갈피마다
단풍잎 끼워 넣는
입동 무렵

방학동 은행나무

몇 대손일까
오백 년 넘은 은행나무
그 위엄 앞에 서니
주저앉고 싶어졌다

경복궁 증축 재목으로 간택되었을 때
주민들 간청으로 벌목 위기 넘기고
신비의 몸으로 치성 받으며
사람들 자손을 잇게 해준
전설의 대감나무
옆구리엔 화상 흉터 뚜렷하다

수난의 세월 견딘
산 몸 아닌 산 몸으로
천수를 바라보고 있다

밤꽃

색깔도 모양도
내세울 것 없지만
암꽃 수꽃
한 가지에 피어
비릿한 냄새
온 동네에 퍼뜨리더니

똘똘하고 야무지게
태어난 놈들
잔칫날엔 의례히
초대받는 신분이네

채송화

연약한 몸
들키지 않으려고
크는 키도 한사코 낮추었다

비바람에 매맞아
상처 깊어도
촉수 늘리고 뿌리 지켰다

생인손 곪아 터지는
아픔이기고
희열로 나붓거리는
저, 작은 몸짓을 보아라

목백일홍꽃

삼복염천에
터뜨린 기쁨

열여덟 나이
주체할 수 없어

서로 부대끼며
간지럼 태우는가

석 달 열흘
자지러지게 웃는 꽃

산수유

첫눈 내린
언덕
나지막한
저 나무의 열매는
흠도 죄도 없이
고난받은
어느 신의
흔적일까
눈 덮인 가지에
응고된
영묘한 저 보혈

목련, 지다

대엿새는
새침한 계집애였다가
사나흘은
우아한 여인이었다가
자욱한 흙바람에
빼앗긴 순결
얼룩진 옷자락
조각조각 떨어지네
아까운
저, 단명들

달맞이꽃

범람하는 급류에
사랑하는 사람을 잃고

몽유병 환자처럼
쏘다니던 여인이

들판에 지천으로
토해놓은

저,
한 · 숨 · 들

나무의 우애

나무들도 마음이 있는 걸까
오른쪽 나무가
팔을 뻗는데
걸리적거리지 않으려고
한껏 등 굽힌 그 옆 나무

나도 한때
가족을 위해
진학의 꿈을 접은 적이 있었다
살다 보니
공연한 객기를 부렸다고
후회하고 있는데
공치사할 줄도 모르는
뿌리 깊은 우애

노을진 산책길에서
겨우 보았다
나무들도
희생할 줄 아는
마음이 있다는 걸

사찰에 핀 연꽃

– 아산 보문사에서

도량 안 연못에
합장한 보살님들

휘일 듯 말 듯
가는 허리 세우고
다소곳 고개 숙여
묵언 수행 중이네

오뉴월 장맛비도
스며들지 못하도록
묘한 향기 고이 품고

인과 삼세 이루는 뜻
고결하고 신비로워
섣불리 다가갈 수 없는

진흙에 뿌리를 두고도
더럽혀지지 않는
그대는 어엿이 핀 화중군자

7월

초록,
초록이 들판 지나
바다에 닿고
초록,
초록이 산에 올라
하늘에 닿았다
어느 화백의
절묘한 실수일까
온누리에
엎질러진 물감
초록빛 담장에
붉은 능소화 낭창거린다

정혜숙 첫 번째 시집

어느 봄날, 나를 보다

초판인쇄 · 2022년 5월 3일
초판발행 · 2022년 5월 10일

지은이 | 정혜숙
펴낸이 | 서영애
펴낸곳 | 대양미디어

04559 서울시 중구 퇴계로45길 22-6(일호빌딩) 602호
전화 | (02)2276-0078
팩스 | (02)2267-7888

ISBN 979-11-6072-096-9 03810
값 12,000원